COQ / PEYRET

CERCLE VICIEUX

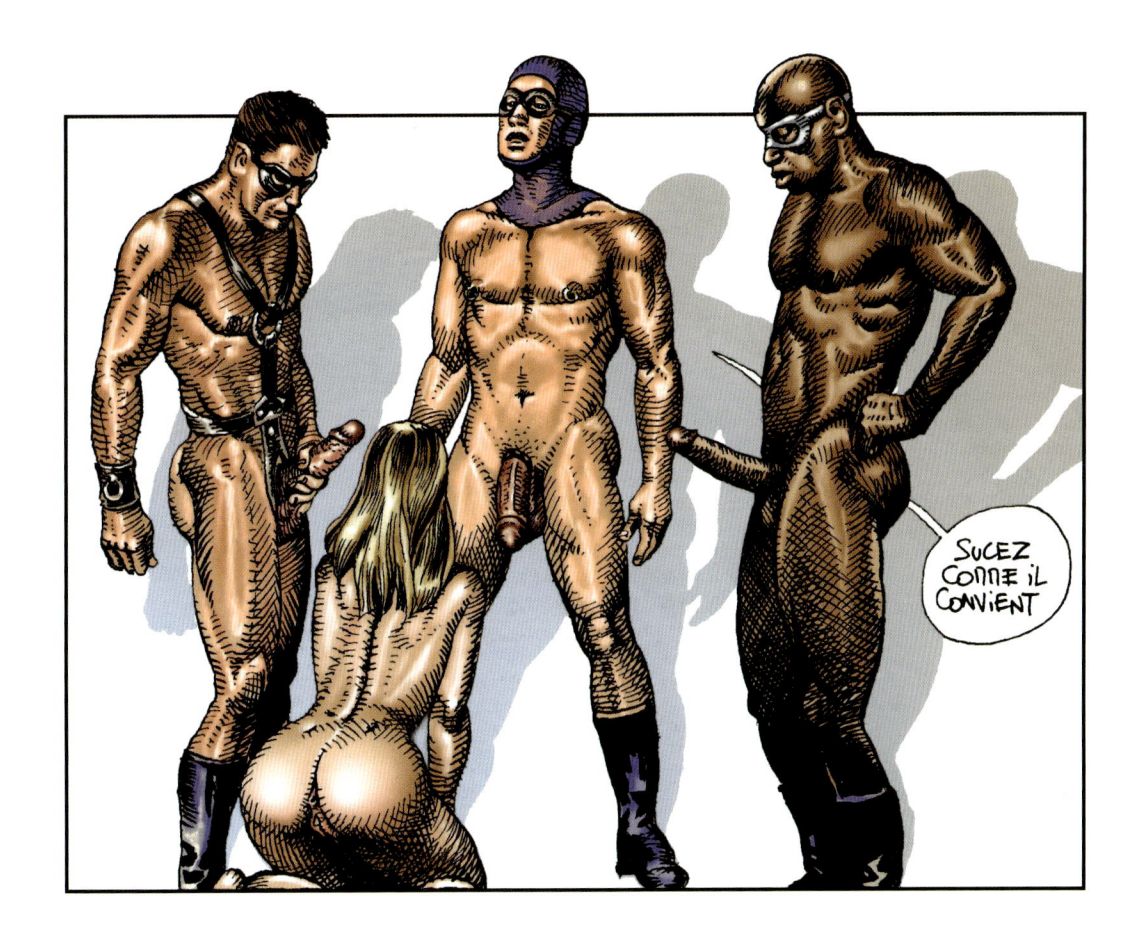

Editions Rebecca Rils

© 2009 Editions Rebecca Rils - Paris
Tous droits réservés

ISBN : 2-917456-12-5
Imprimé en CEE
Dépot légal : 3ème trimestre 2009

JE SUIS TOMBÉ AMOUREUX DE JUDITH DÈS QUE JE L'AI VUE

PERMETTEZ-MOI DE VOUS PRÉSENTER RALPH...

ELLE NE M'ACCORDA PAS UN REGARD

SARAH

JE...

SON CURIEUX ANNEAU M'INTRIGUA...

!

FRED M'APPRIT QUE L'ANNEAU ÉTAIT LE SIGNE DE RECONNAISSANCE D'UN GROUPE DE LIBERTINS

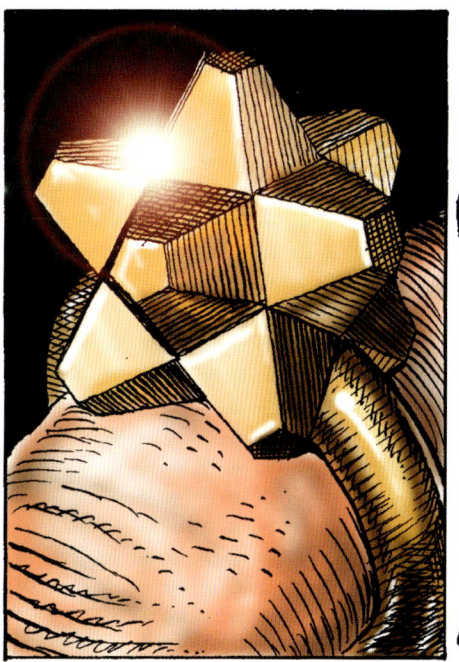

LES ADEPTES PORTENT CET ANNEAU

TU DEVRAIS DEMANDER À NINA DE T'ACCOMPAGNER CHEZ FLATINE...

QUAND NINA NE FAISAIT PAS L'AMOUR ELLE SE PRÉLASSAIT DANS SA BAIGNOIRE ET PARFOIS CONJUGUAIT LES DEUX ...

AH? LE CERCLE CLAIRWILL... UN SIMPLE JEU DE SOCIÉTÉ...
UN DÉRIVÉ DU JEU DE L'OIE
ON M'A PARLÉ DE DOMINATION...
CETTE PHOTO PEUT VOUS EN DONNER UNE IDÉE...
CHEZ FLAMINE...
J'Y AI CHERCHE EN VAIN LA PRÉSENCE DE JUDITH
VOUS N'AVEZ RIEN DE PLUS PARLANT?
CETTE CASSETTE PEUT ÊTRE?

LA CASSETTE ÉTAIT TROP FLOUE

POUR QUE JE PUISSE RECONNAÎTRE JUDITH

PARMI CES FEMMES FOUETTÉES ET SODOMISÉES...

— Cuic
— C'EST TOUT CE QUE JE PEUX VOUS MONTRER...

J'ÉTAIS DE PLUS EN PLUS DÉCIDÉ À REVOIR JUDITH...

MALGRÉ LES TALENTS DE NINA...
JE NE POUVAIS DÉTACHER MES PENSÉES
DE JUDITH
MHH
QUE J'IMAGINAIS DANS LES MÊMES POSTURES...
IL NE ME RESTAIT PLUS QU'À ATTENDRE LA PROCHAINE RÉUNION
DU CERCLE CLAIRWILL
le cercle clairwill sera heureux de vous accueillir le jeudi 12 à partir de 21 heures

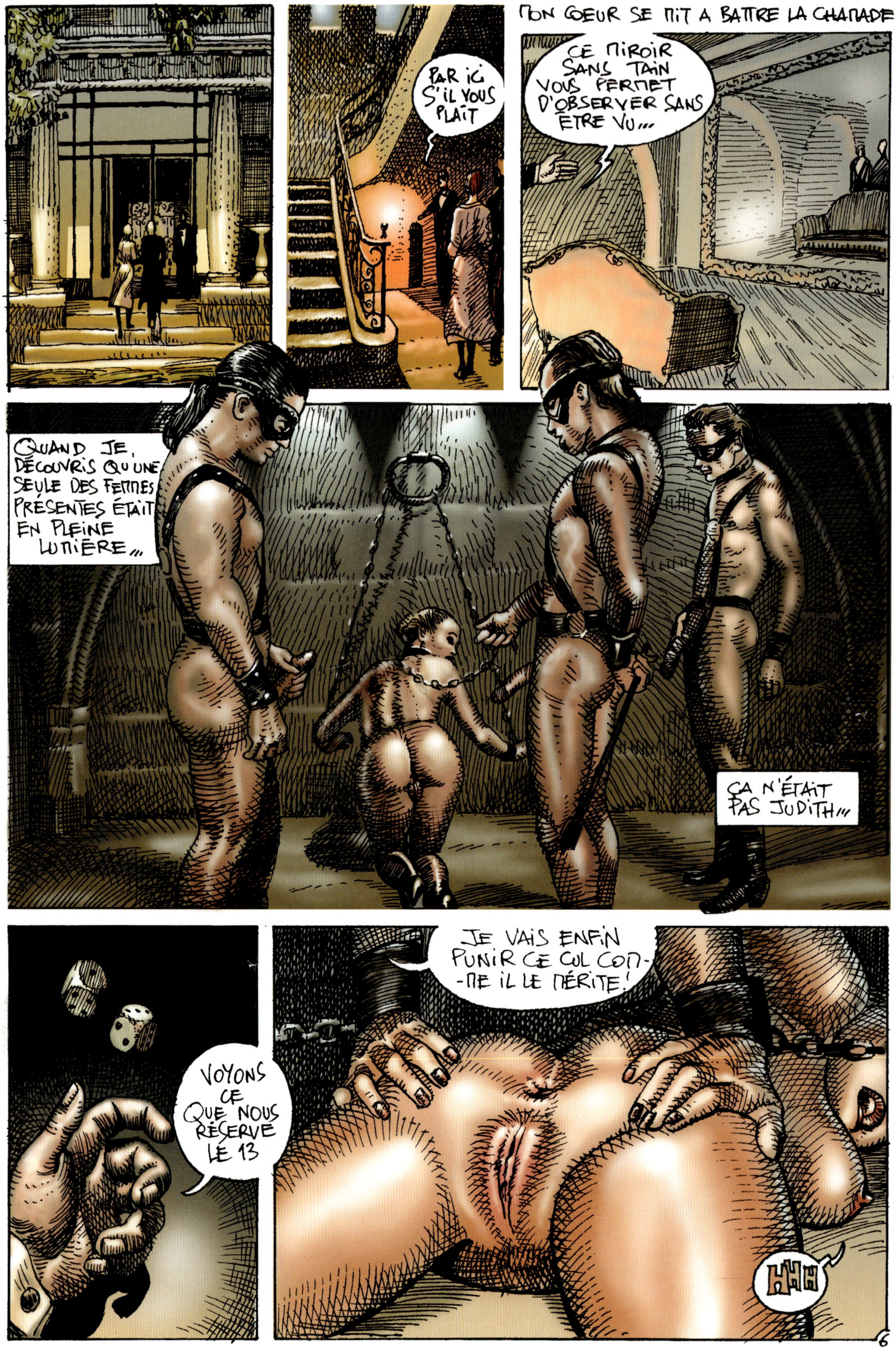
PAR ICI S'IL VOUS PLAIT
MON COEUR SE MIT A BATTRE LA CHAMADE
CE MIROIR SANS TAIN VOUS PERMET D'OBSERVER SANS ÊTRE VU...
QUAND JE DÉCOUVRIS QU'UNE SEULE DES FEMMES PRÉSENTES ÉTAIT EN PLEINE LUMIÈRE...
ÇA N'ÉTAIT PAS JUDITH...
VOYONS CE QUE NOUS RÉSERVE LE 13
JE VAIS ENFIN PUNIR CE CUL COM-ME IL LE MÉRITE!
HHH

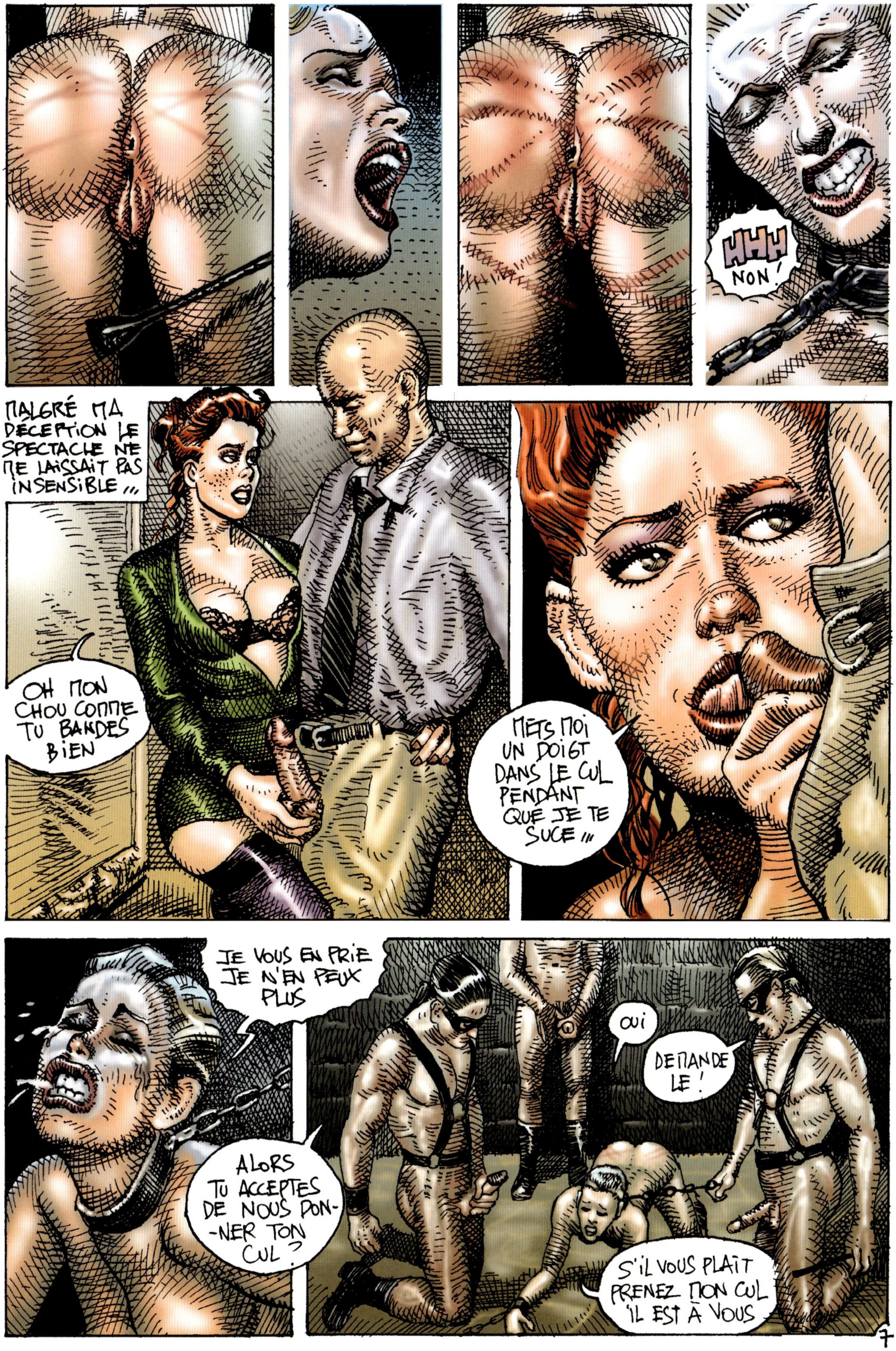
HHH
NON !
MALGRÉ MA DÉCEPTION LE SPECTACLE NE ME LAISSAIT PAS INSENSIBLE...
OH MON CHOU COMME TU BANDES BIEN
METS MOI UN DOIGT DANS LE CUL PENDANT QUE JE TE SUCE !!!
JE VOUS EN PRIE JE N'EN PEUX PLUS
ALORS TU ACCEPTES DE NOUS DONNER TON CUL ?
OUI
DEMANDE LE !
S'IL VOUS PLAIT PRENEZ MON CUL IL EST À VOUS

TON CUL EST TOUJOURS AUSSI ÉTROIT, CLAIRE,
MAIS TU N'AS PAS TENU ASSEZ LONGTEMPS
HHH
J'EN AVAIS TROP ENVIE ...
TU VAS DEVOIR CÉDER TA PLACE...
HON
HHH
EXCITÉE PAR LE SPÉCTACLE, NINA DESIRAIT QUE JE LA BAISE...
OH
DANS LA CAVE UNE AUTRE PARTIE COMMENCAIT...
AGNÉS, VALÉRIE, ET LÉA VONT SE FOUETTER MUTUELLEMENT ...
LA PLUS RÉSISTANTE REMPORTERA CETTE PARTIE
ET POURRA CHOISIR UN NOUVEAU MAÎTRE

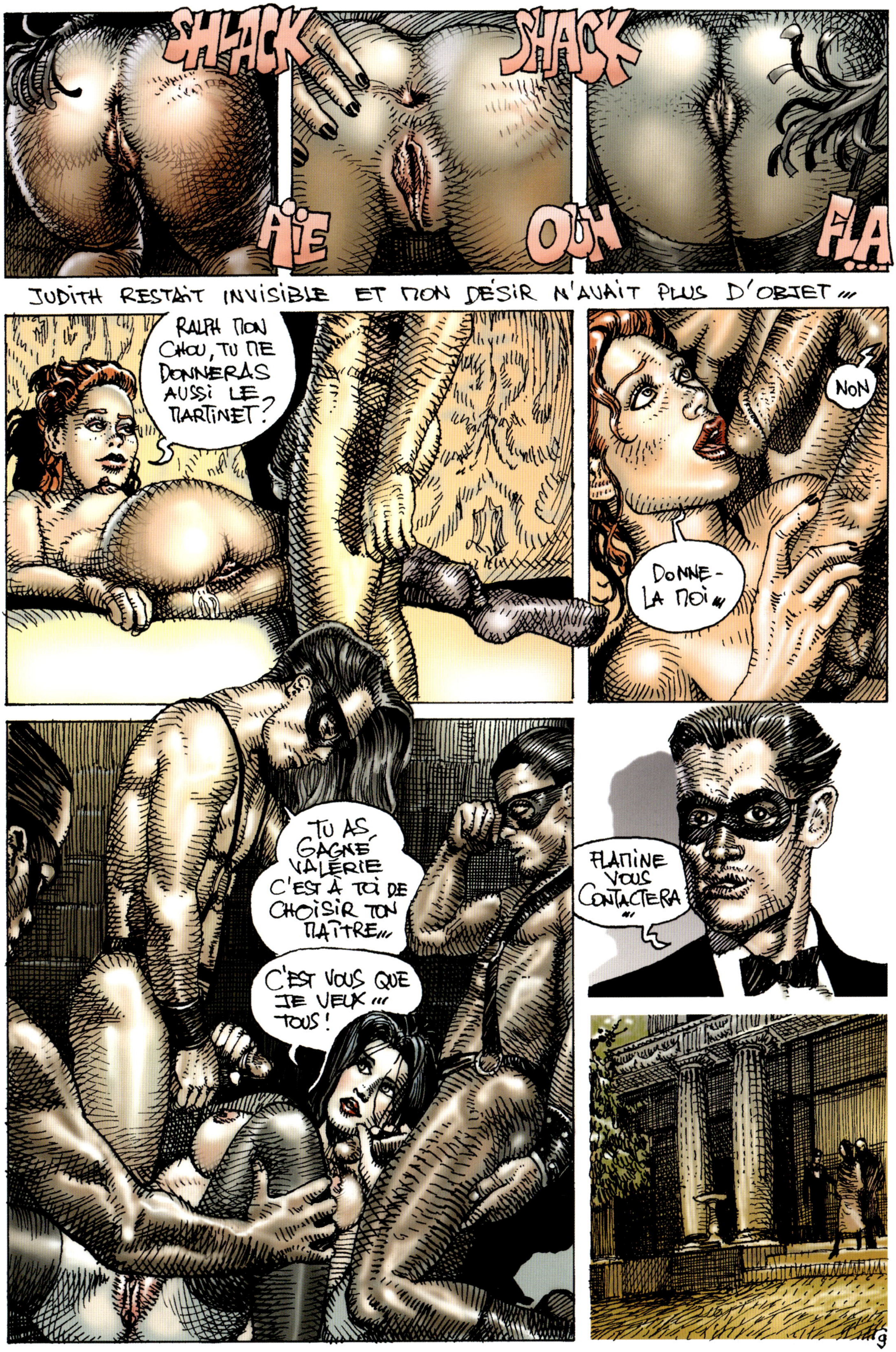
SHLACK
AÏE
SHACK
OUH
FLA...
JUDITH RESTAIT INVISIBLE ET MON DÉSIR N'AVAIT PLUS D'OBJET...
RALPH MON CHOU, TU ME DONNERAS AUSSI LE MARTINET ?
NON
DONNE-LA MOI...
TU AS GAGNÉ VALÉRIE C'EST À TOI DE CHOISIR TON MAÎTRE...
C'EST VOUS QUE JE VEUX... TOUS !
FLAMINE VOUS CONTACTERA...

L'ABSENCE DE JUDITH CHEZ CLAIRWILL M'AVAIT DÉPRIMÉ...

ET J'ENTREPRIS DE M'ÉTOURDIR

JUSQU'À CE QUE FLAMINE NE TÉLÉPHONE...

VOUS POUVEZ VOIR QUE VOS ÉBATS ONT ÉTÉ FILMÉS...

ET APPRÉCIÉS, VOUS ÊTES INVITÉS

À LA PROCHAINE RÉUNION AVEC...

LA SOCIÉTÉ AU COMPLET!

AVANT LE JEU

JUDITH GLACIALE FIT SEMBLANT DE NE PAS TE RECONNAÎTRE

NON... VRAIMENT...

JE NE ME SOUVIENS PAS

LE SORT A ATTRIBUÉ LÉA À NOTRE INVITÉ...

LES DÉS VONT FIXER TON ÉPREUVE...

OH! NON PAS ÇA!

NON..
WEEEEEZZZ
HA!
YAAAAR!
SHLACK
WIIIZ
ELLE SOUFFRIRAIT PLUS AVEC DES PINCES SUR LES TÉTONS
?
YII!..
AAARH
AH PITIÉ NON!...
SHAK
HHMFF.. HHH...

AAAAH
DÉFONCE MOI ! SALAUD

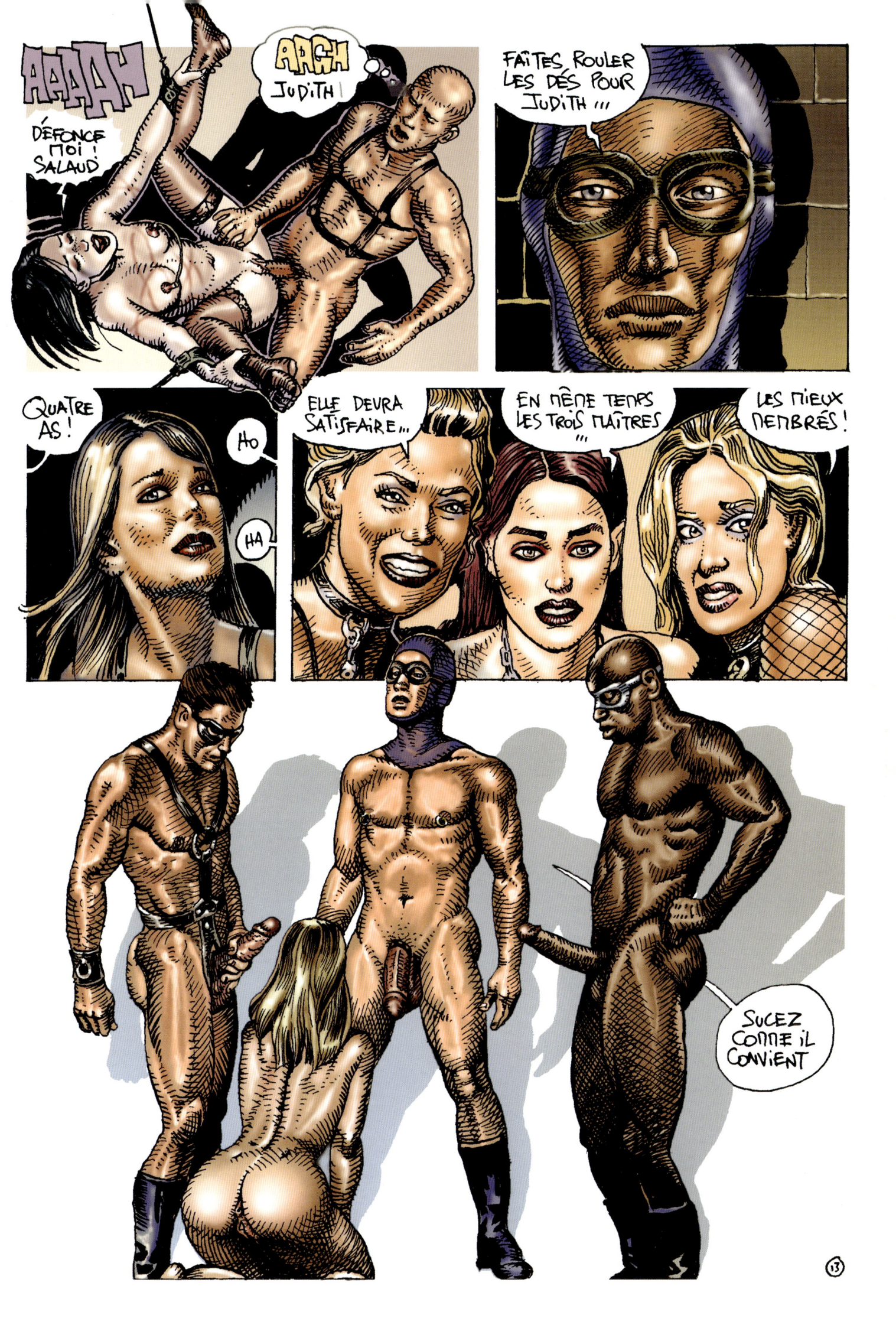

AARGH JUDITH !

FAITES ROULER LES DÉS POUR JUDITH !!!

QUATRE AS !

HO HA

ELLE DEVRA SATISFAIRE...

EN MÊME TEMPS LES TROIS MAÎTRES...

LES MIEUX MEMBRÉS !

SUCEZ COMME IL CONVIENT

AH
SALAUDS! VOUS ME DÉCHIREZ!
!
BENOÎT FAITES TAIRE CETTE FEMELLE !!! ...

HAAA

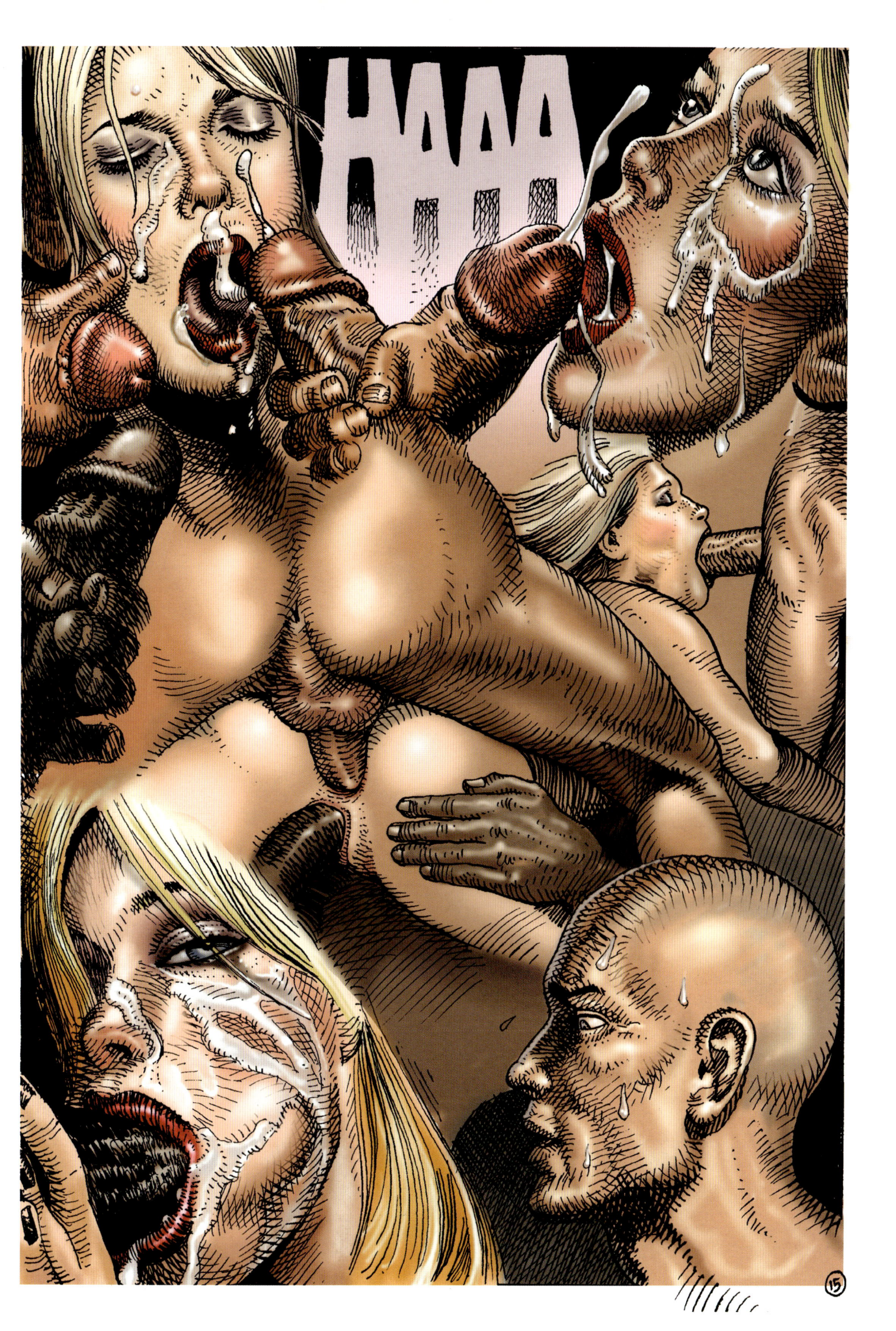

MA CHÉRIE TU ÉTAIS SUPERBE
HH...
UNE PERFORMANCE SANS ÉGALE
TRANSFIGURÉE PAR LE PLAISIR ...
UN DON ABSOLU
?
S'IL VOUS PLAÎT !
COMMENT FAUT-IL VOUS FAIRE COMPRENDRE QUE VOUS NE ME PLAISEZ PAS ! ...
ET QUE JE NE VOUDRAI JAMAIS DE VOUS !

J'AI VOYAGÉ !...

RALPH ! TU ES RENTRÉ ENFIN !

REJOINS MOI AU BAZOOKA !...

TU M'AS MANQUÉ MON CHOU !... J'AI GAGNÉ CINQ PARTIES CHEZ CLAIRWILL !...

PAS MAL !...

JUDITH NE VIENT PLUS !...

ELLE M'OBSÉDAIT ENCORE ET ENCORE !...

C'EST PAS GRAVE MON CHOU
UN JOUR SANS!.. ÇA ARRIVE
IL ÉTAIT TEMPS QUE JE ME REPRENNE
NINA NOUS AMÈNE UN REVENANT
TOUJOURS AUSSI FOUGUEUX J'ESPÈRE!
CONTENT DE TE REVOIR PARMI NOUS, RALPH!
COMMENÇONS UNE NOUVELLE PARTIE!

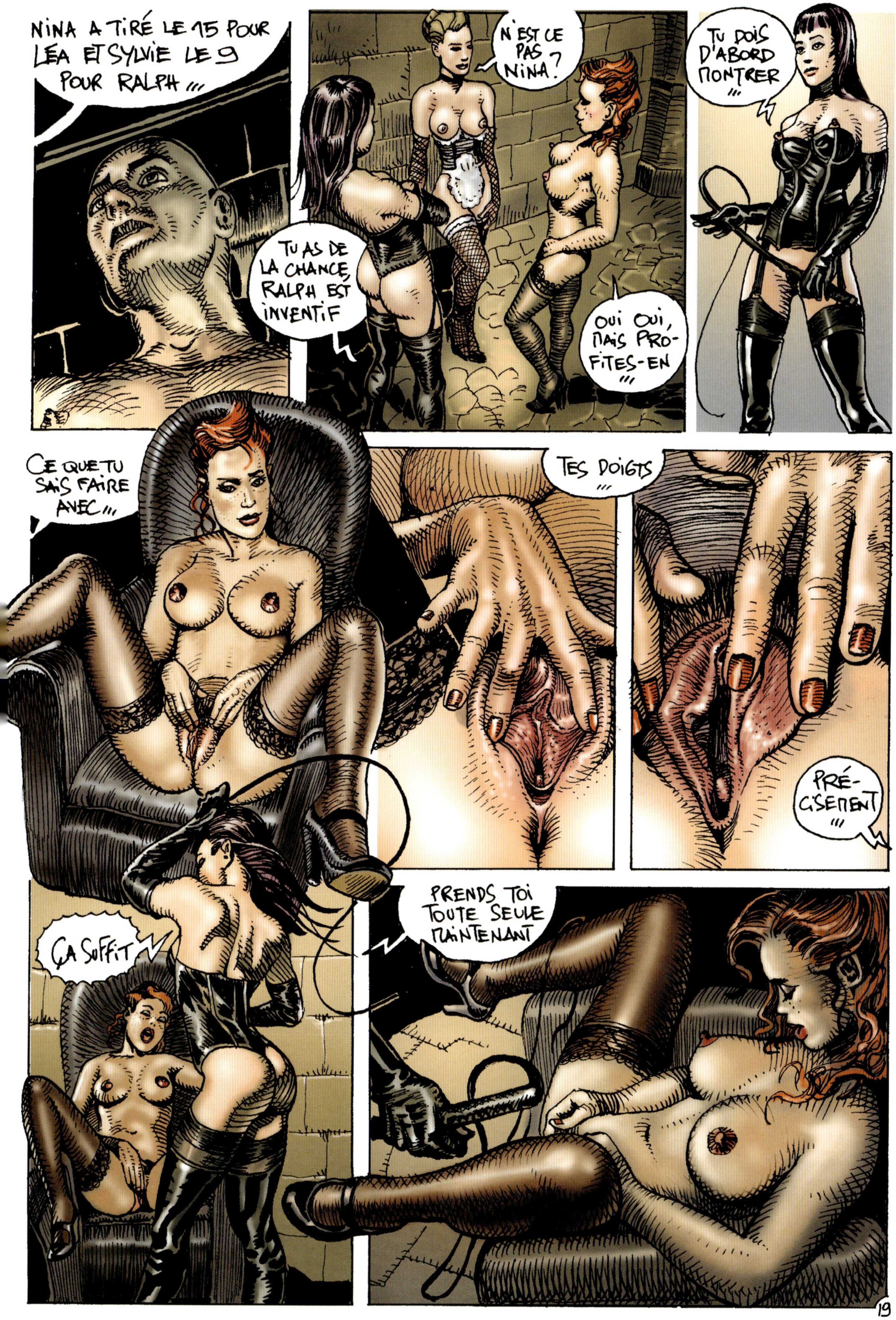

NINA A TIRÉ LE 15 POUR LÉA ET SYLVIE LE 9 POUR RALPH ...
N'EST CE PAS NINA ?
TU AS DE LA CHANCE, RALPH EST INVENTIF
OUI OUI, MAIS PROFITES-EN ...
TU DOIS D'ABORD MONTRER ...
CE QUE TU SAIS FAIRE AVEC ...
TES DOIGTS ...
PRÉCISEMENT ...
ÇA SUFFIT
PRENDS TOI TOUTE SEULE MAINTENANT

HHH HHH...
MMHH...
OUH
AH
YYY
KLAK
MAINTENANT, JE VAIS TE FOUETTER JUSQU'A CE QUE TU JOUISSES! ...

À TOI DE JOUER ...
JE JOUIS ! JE ... JOU...
JE VAIS T'APPRENDRE FEMELLE...
À JOUIR SOUS LE FOUET !.. COMME UNE CHIENNE SOUMISE !...
KLAK

NON! PAS ÇA!

STOP!

IL FAUT L'ARRÊTER!

BOM

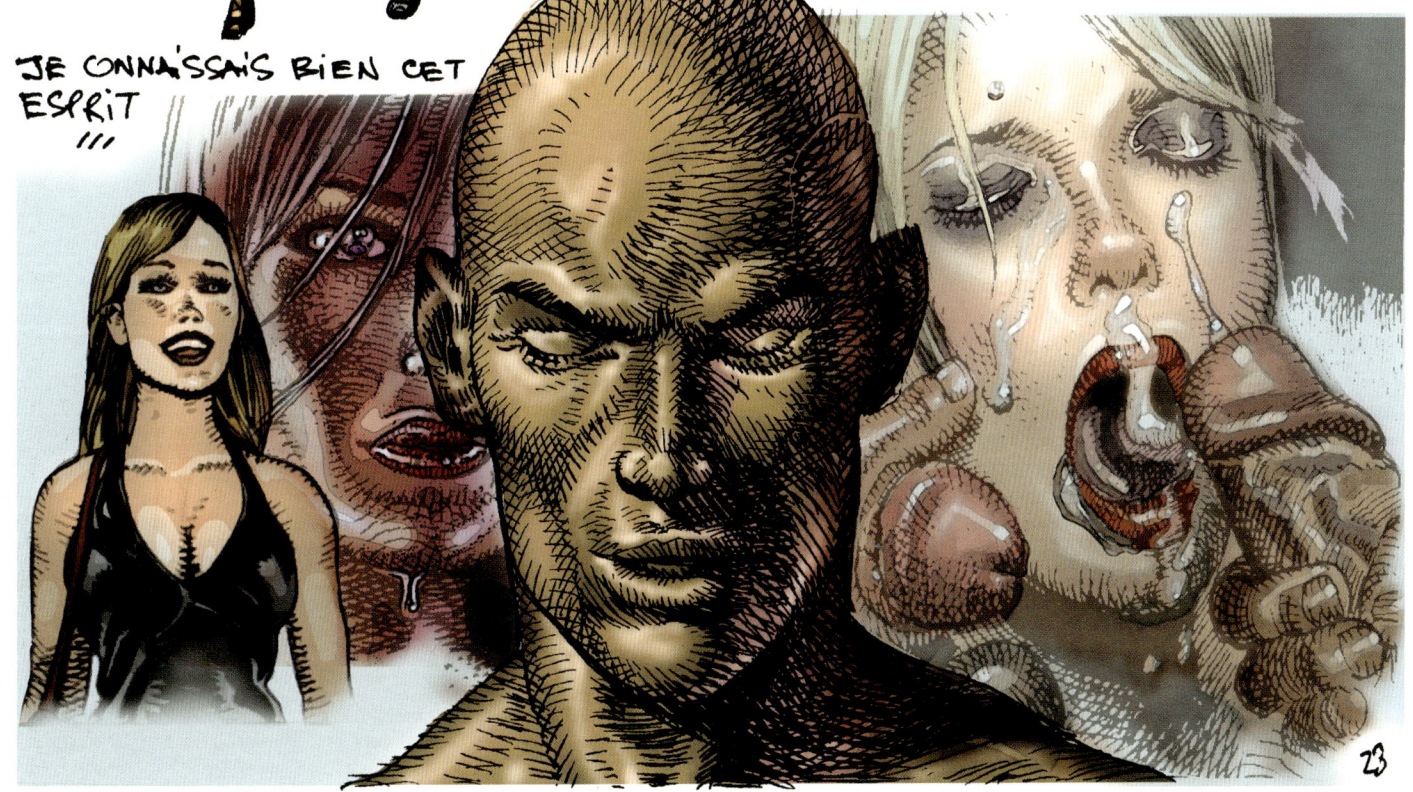

— VOUS N'AVEZ RIEN PERDU DE VOTRE ARDEUR... MAIS

— IL SERAIT PRÉFÉRABLE QUE VOUS PARTIEZ MAINTENANT...

— JE NE TE RECONNAISSAIS PLUS MON CHOU... ON AURAIT DIT...

— QU'UN ESPRIT DIABOLIQUE TE POSSÉDAIT !

— !

JE CONNAISSAIS BIEN CET ESPRIT...

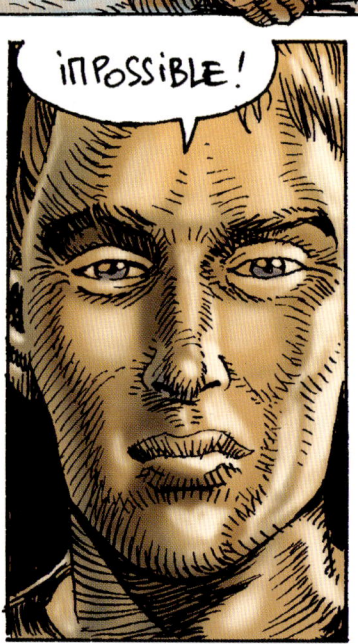

— NON, DÉSOLÉE...

— IMPOSSIBLE !

— MAIS JE NE SAIS PAS DU TOUT MON GRAND...

— JE LA CONNAISSAIS À PEINE...

— NINA J'AI BESOIN DE TOI...

— OH... RALPH... JE..

— ?! RETROUVER JUDITH POUR TOI ?! ESPÈCE DE SALAUD !!!

TU T'ÉGARES SALE GARCE
OUCH
TU ME FAIS MAL SALAUD !
KLAK
KLAK
OOOÏÏÏ
AAAA
LA FESSÉE TE FAIT MOUILLER PETITE COCHONNE

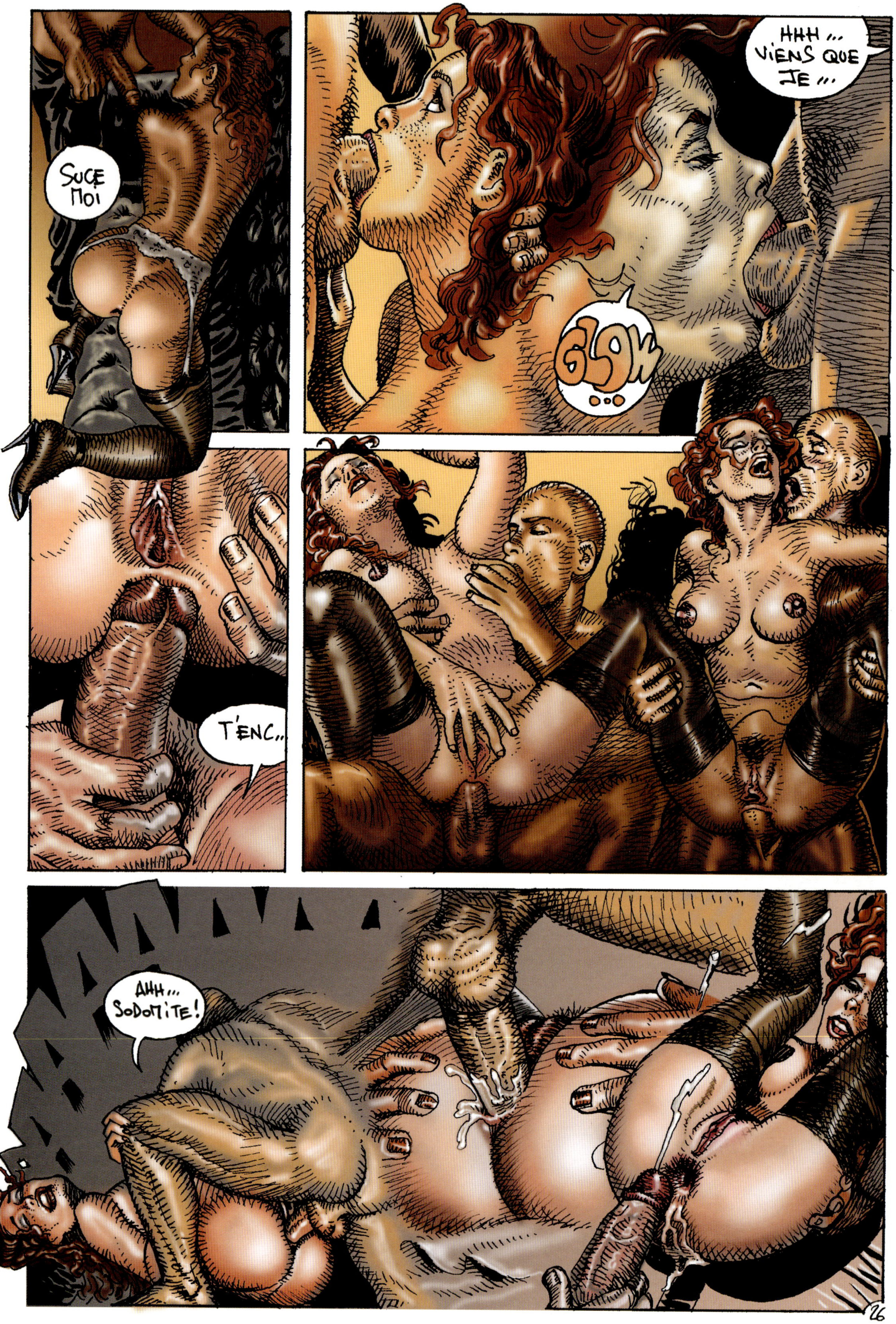
SUCE MOI
AHH... VIENS QUE JE...
GLOW
T'ENC...
AHH... SODOMITE!

TU M'AS ÉPUISÉE... JE VAIS ME RENSEIGNER POUR JUDITH ...
NON JE NE LA TROUVE PAS...
NON TOUJOURS RIEN
JE LUI IMPO-SERAI
PAR LA FORCE

RALPH IL FAUT QUE JE TE VOIE...
JE PRENAIS UN BAIN QUAND...
DRING DRIIIN
ÇA VA J'ARRIVE...
?
IL PARAÎT QUE VOUS ME CHERCHEZ?...
CLAIRWILL NE M'INTÉRESSE PLUS, LE JEU EST TROP PRÉVISIBLE...
LES MAÎTRES SE RÉPÈTENT ET N'INVENTENT PLUS RIEN
NOUS SOMMES PLUS DURES...
PLUS VICIEUSES AUSSI...
ET PLUS FORTES

TU ES FACILE
JE ME DONNE MAIS PERSONNE NE M'A JAMAIS PRISE !
TU VAS ME SUCER MAIS...
JE VEUX D'ABORD DECORER TA CHATTE
CONTINUE... C'EST BON
MMH... J'AI MAL SLUP MMH... AÏE ...
AH! JE VAIS JOUIIIR

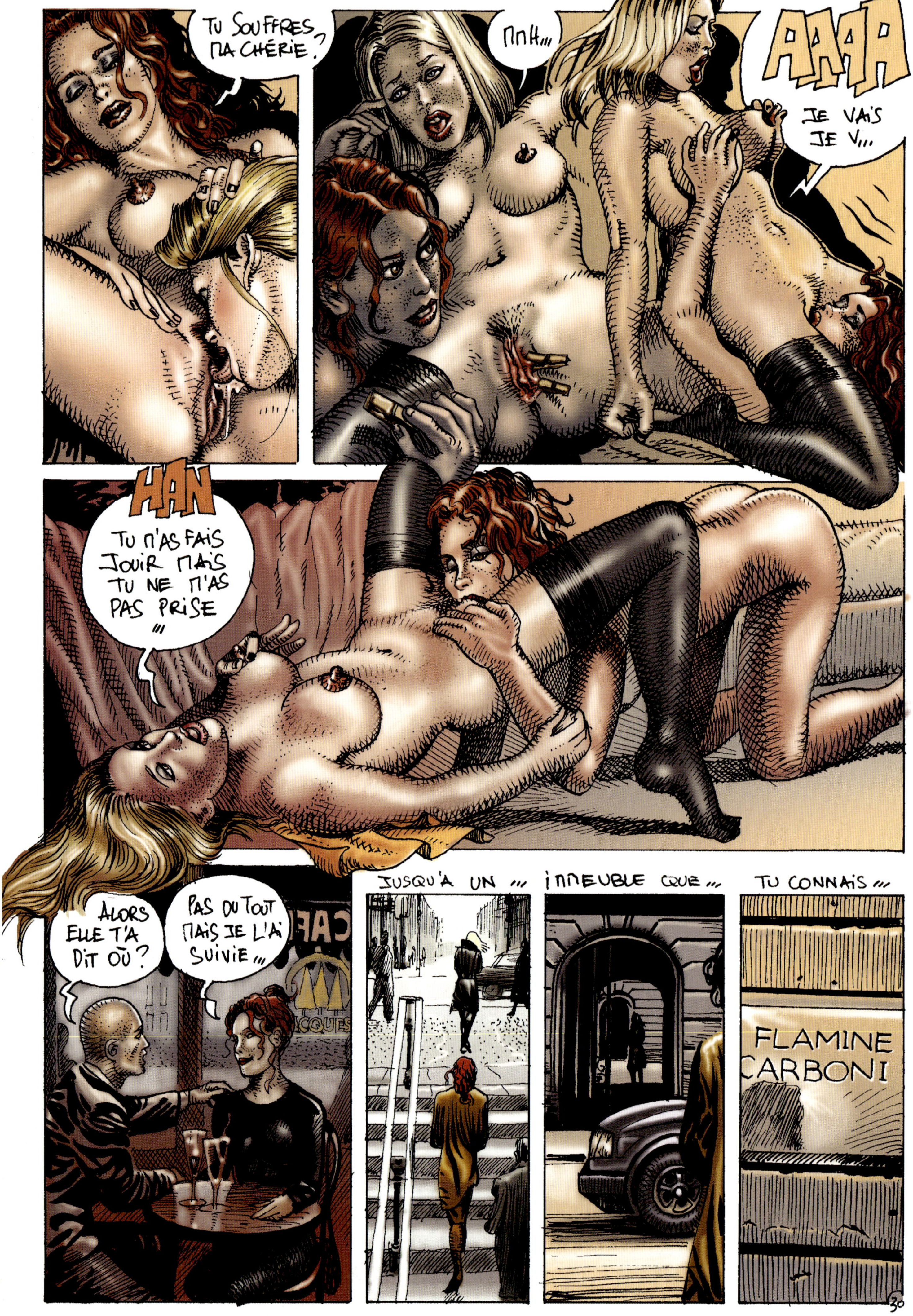
TU SOUFFRES MA CHÉRIE ?
MMH...
AAAA
JE VAIS JE V...
HAN
TU M'AS FAIS JOUIR MAIS TU NE M'AS PAS PRISE ...
ALORS ELLE T'A DIT OÙ ?
PAS DU TOUT MAIS JE L'AI SUIVIE...
JUSQU'À UN ...
IMMEUBLE QUE...
TU CONNAIS...
FLAMINE CARBONI

PLUS TARD CHEZ FLAMINE...
JE SAIS QUE VOUS VOYEZ JUDITH ET JE VEUX LUI PARLER...
ELLE NE VEUT MÊME PAS VOUS VOIR...
JUDITH TROUVE ICI SON PLAISIR...
COMMENT ?...
COMME ÇA PAR EXEMPLE...
SHARK CASSETTE RECORDER
ET TU NE SAIS PAS QUI TE GUETTE DANS LA NUIT, QUELS SONT...
TAPE COUNTER
JE NE COMPRENDS PAS...
CES BRUITS, QUELLES SONT CES VOIX, TU ES NUE, SEULE ET NUE...
A LA MERCI DE N'IMPORTE QUELLE CARESSE OU DE...
N'IMPORTE QUELLE SOUFFRANCE. TES SEINS SONT LOURDS ET TENDRES...
ENTRE TES CUISSES, LE BOURGEON SENSIBLE N'A JAMAIS ÉTÉ AUSSI...
JE VAIS VOUS EXPLIQUER

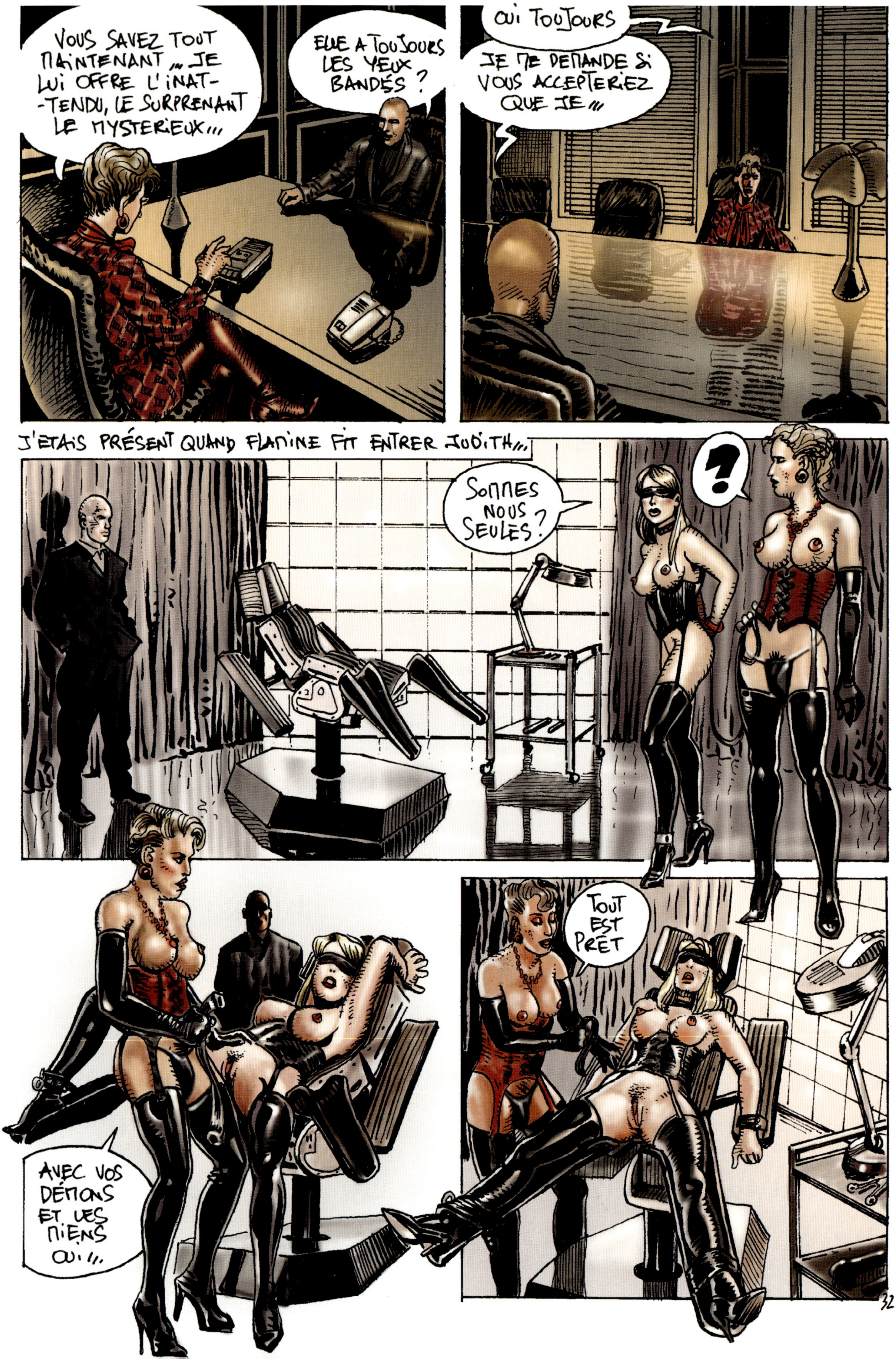
VOUS SAVEZ TOUT MAINTENANT... JE LUI OFFRE L'INAT-TENDU, LE SURPRENANT LE MYSTERIEUX...
ELLE A TOUJOURS LES YEUX BANDÉS ?
OUI TOUJOURS
JE ME DEMANDE SI VOUS ACCEPTERIEZ QUE JE...
J'ETAIS PRÉSENT QUAND FLAMINE FIT ENTRER JUDITH...
SOMMES NOUS SEULES ?
?
AVEC VOS DÉMONS ET LES MIENS OUI...
TOUT EST PRÊT

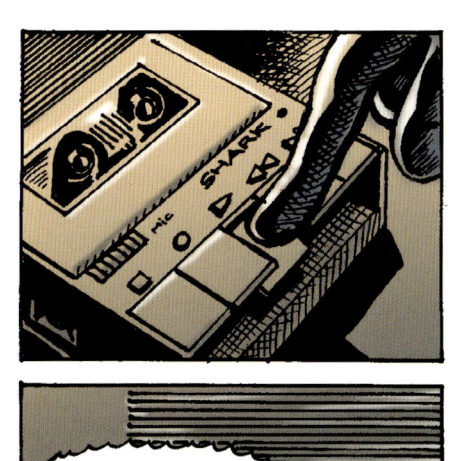

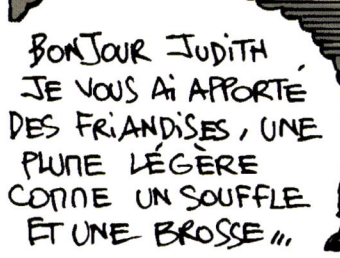

"Bonjour Judith je vous ai apporté des friandises, une plume légère comme un souffle et une brosse..."

"De crins durs mais ne craignez rien, nous allons commencer par quelques coups de fouet pour votre joli cul..."

KLAK

"Vous ressentirez d'autant mieux le glissement des plumes dans vos tendres chairs..."

"Et le piquant du crin sur vos muqueuses..."

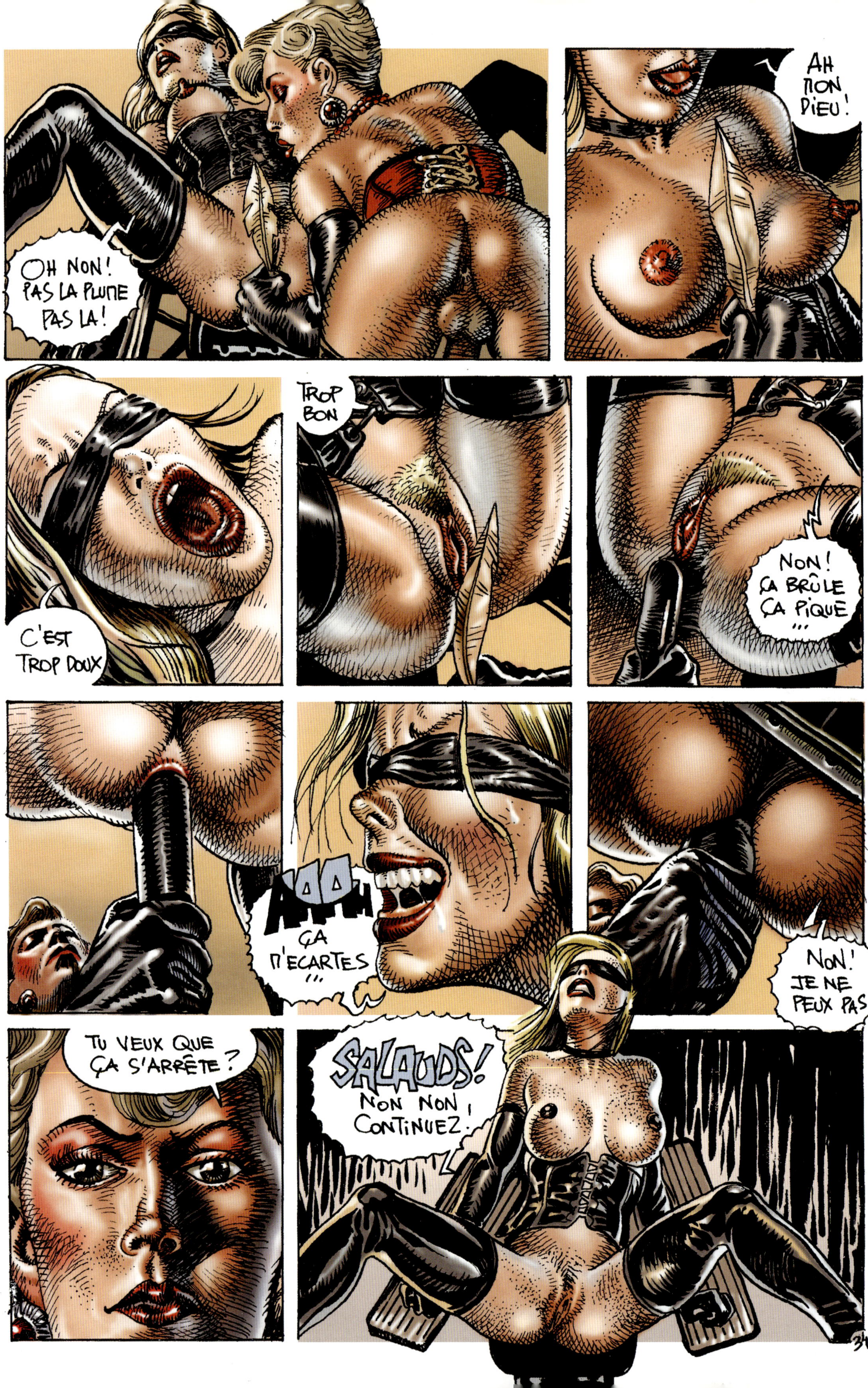

AH!... OUI COMME ÇA! ENCORE

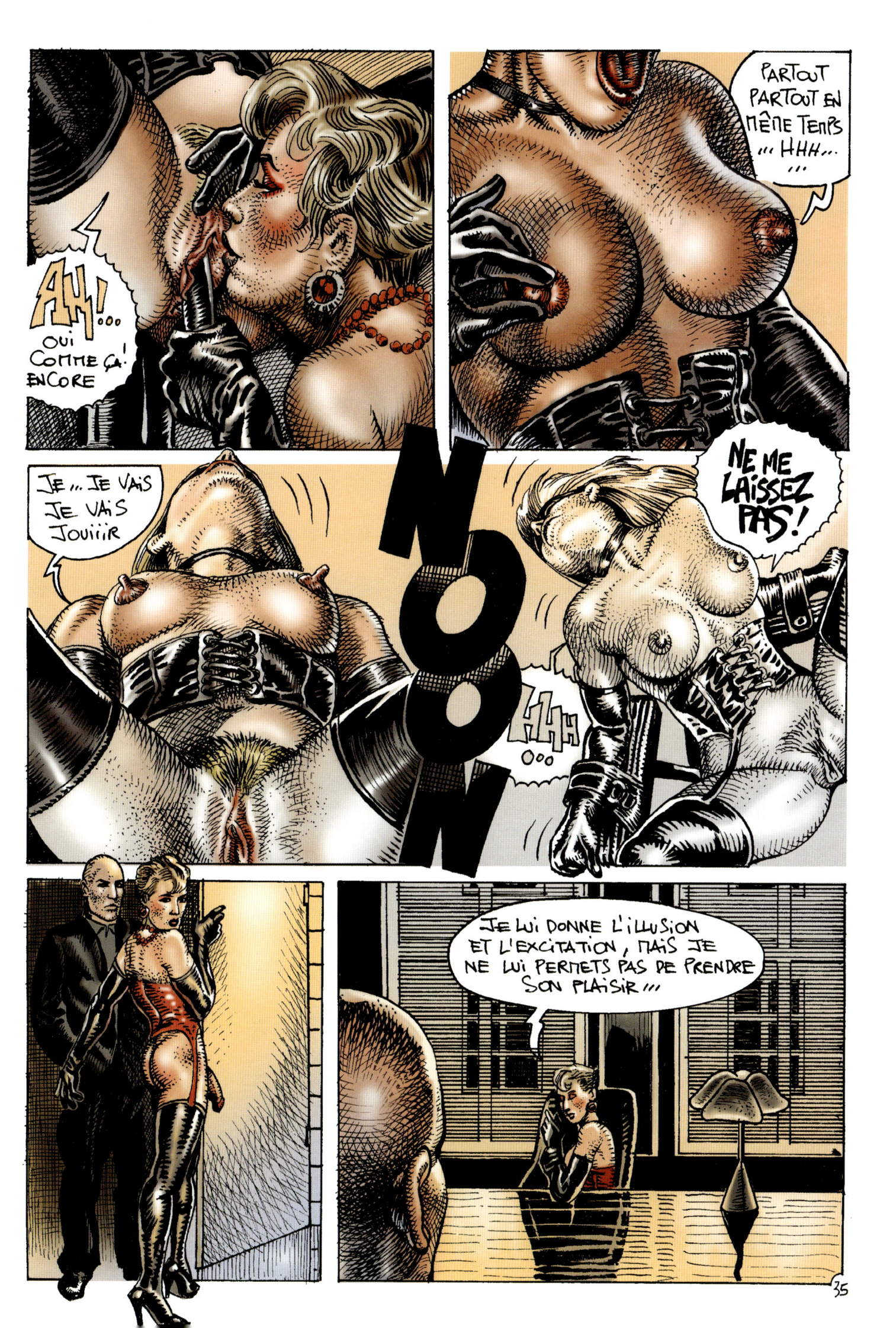

PARTOUT PARTOUT EN MÊME TEMPS ...HHH... ...

JE... JE VAIS JE VAIS JOUIIIR

NOON

NE ME LAISSEZ PAS!

HHH...

JE LUI DONNE L'ILLUSION ET L'EXCITATION, MAIS JE NE LUI PERMETS PAS DE PRENDRE SON PLAISIR...

35

J'AI ATTENDU JUDITH...

JE CROYAIS AVOIR ÉTÉ ASSEZ CLAIRE... C'EST NON!

JE NE VEUX NI DE VOTRE PLAISIR...

NI MÊME DE VOTRE CORPS...

JE VEUX VOUS FAIRE SOUFFRIR JUSQU'A LA FIN...

OÙ ALLONS NOUS ?...

NOUS SERONS SEULS

DESHABILLE TOI...

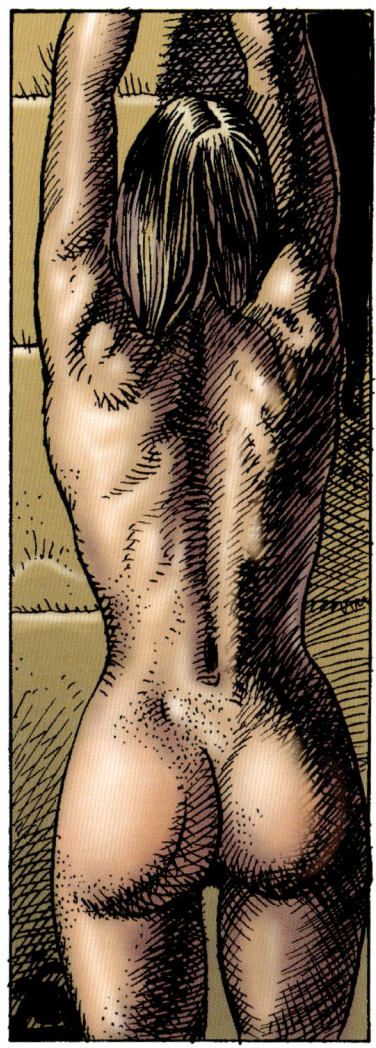

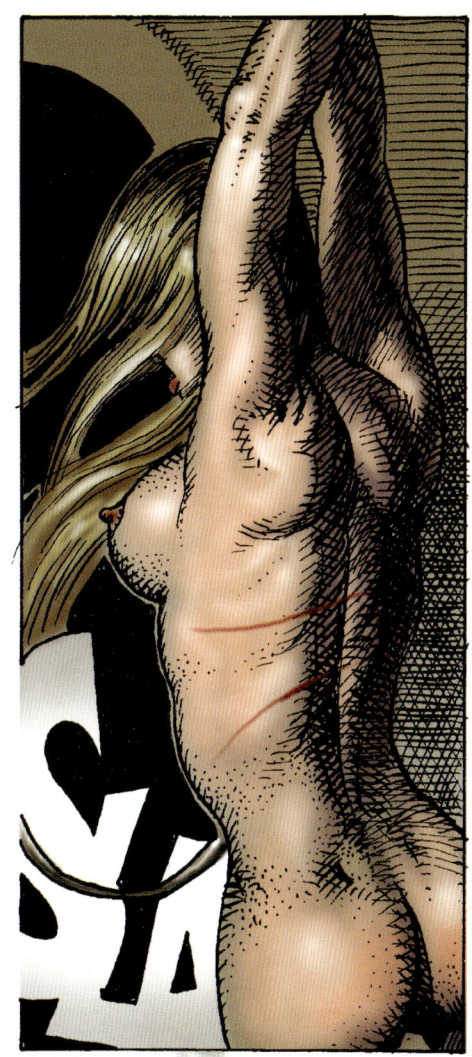

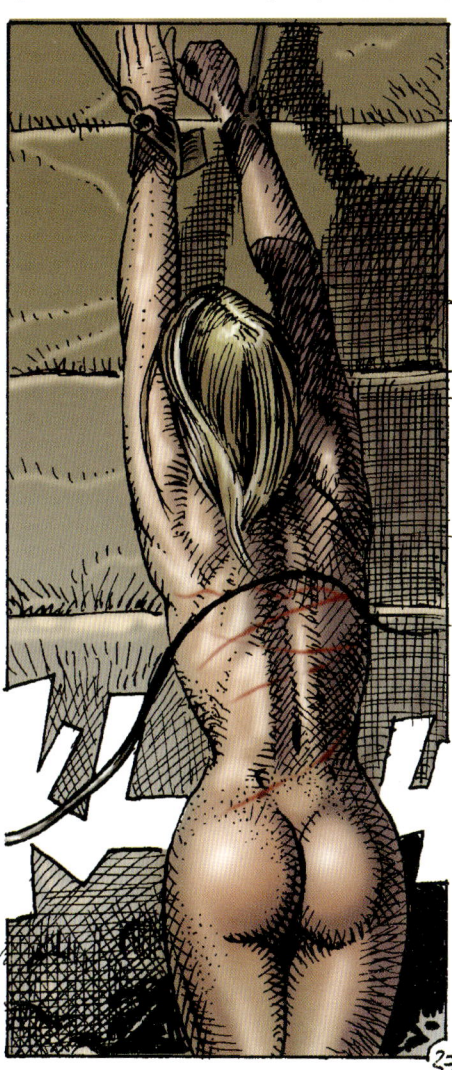

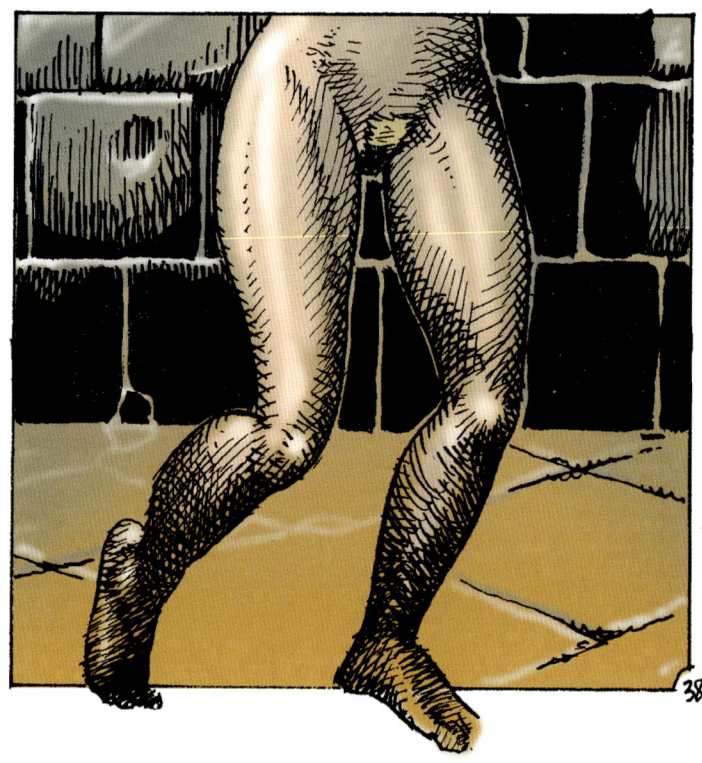

ELLE N'AVAIT PAS POUSSÉ UN CRI MAIS SES JAMBES NE LA TENAIENT

TOURNE TOI !

PLUS...

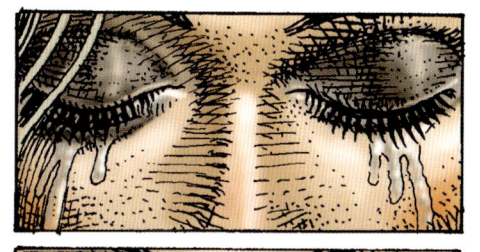

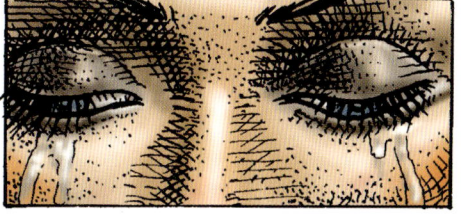

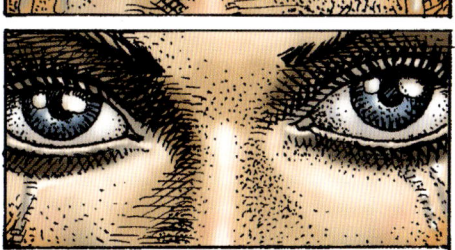

TU N'ES PAS UN MAÎTRE...

TU AS UNE ÂME D'ESCLAVE, JE L'AI COMPRIS DÈS LA PREMIÈRE FOIS... TU N'ES PAS DIGNE DE DE DOMINER...

JE T'AIME JUDITH !

JE NE POURRAI JAMAIS AIMER UN ESCLAVE...

— Ton soi-disant mépris trahit ta névrose.

— Ton prétendu amour n'est que de l'impuissance...

— Impuissant à prendre... impuissant à conquérir, impuissant à vouloir !

— Mais je veux te donner.

— Tu es impuissant à aimer et tu ne peux rien donner même pas un coup de cravache !...

SHLAK

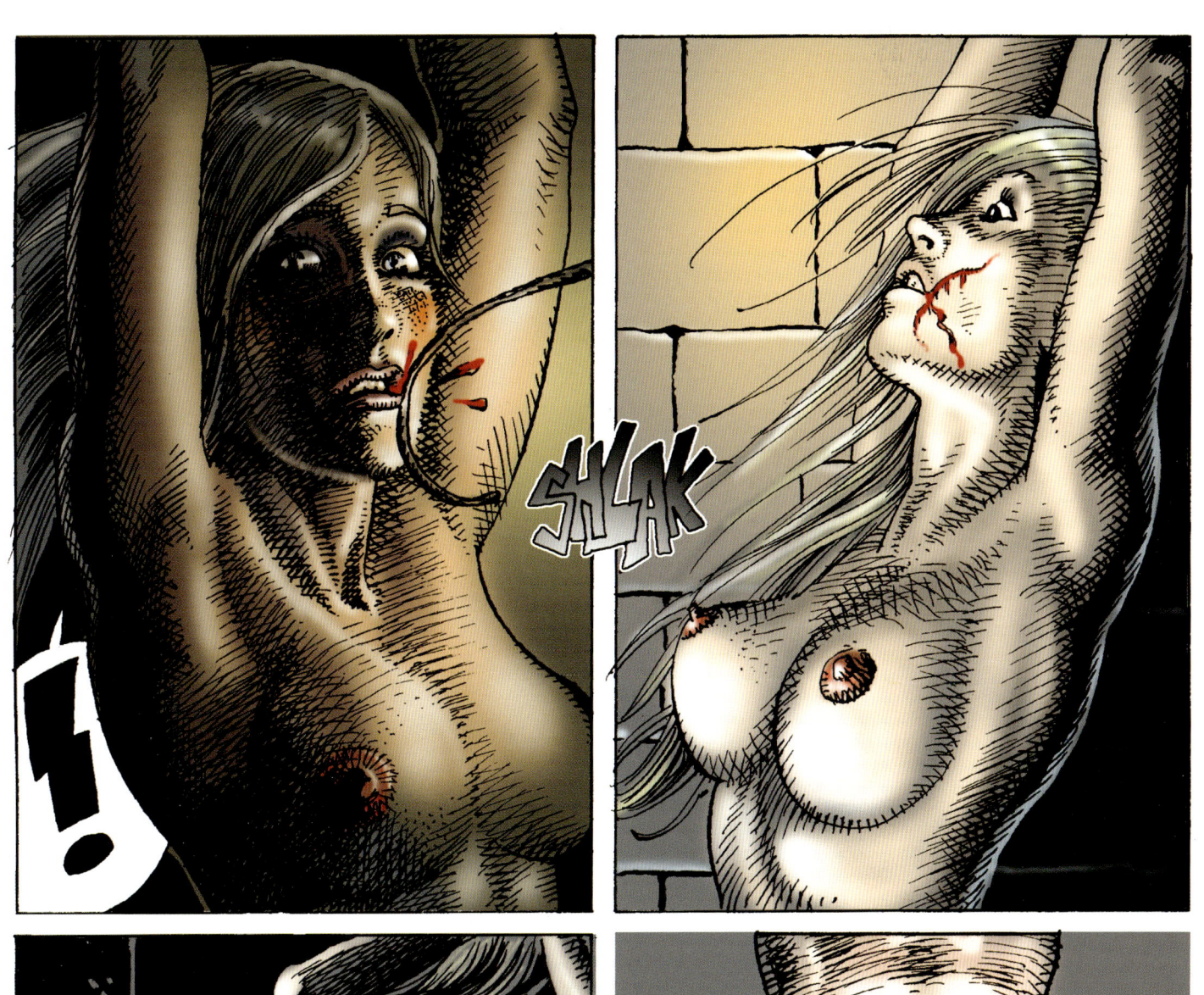

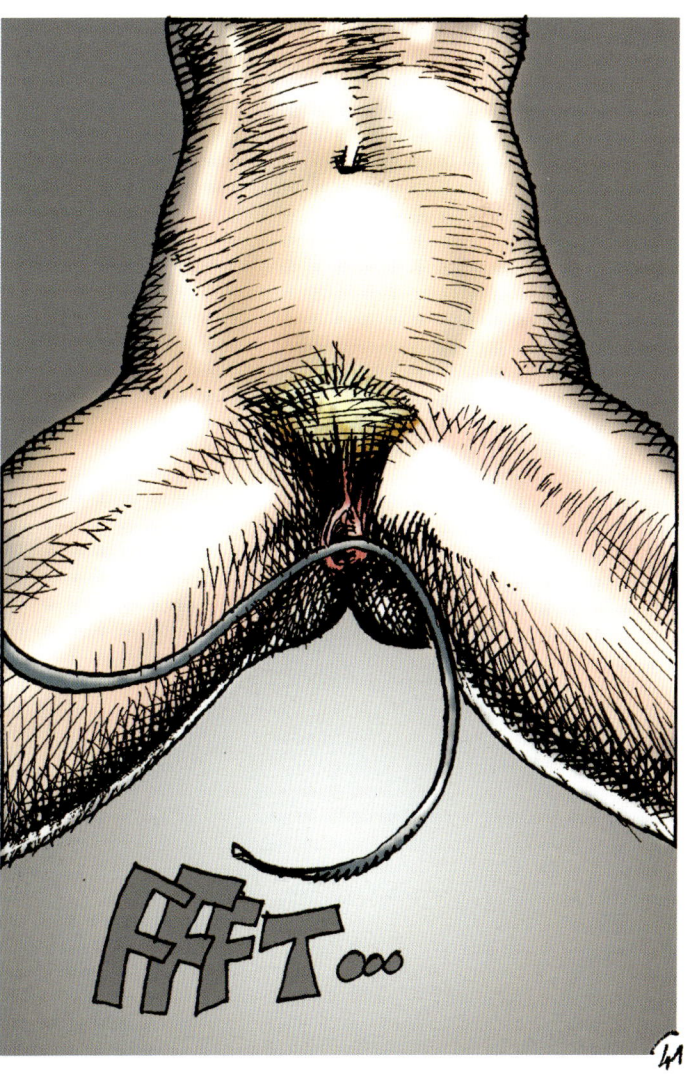

FFFT...

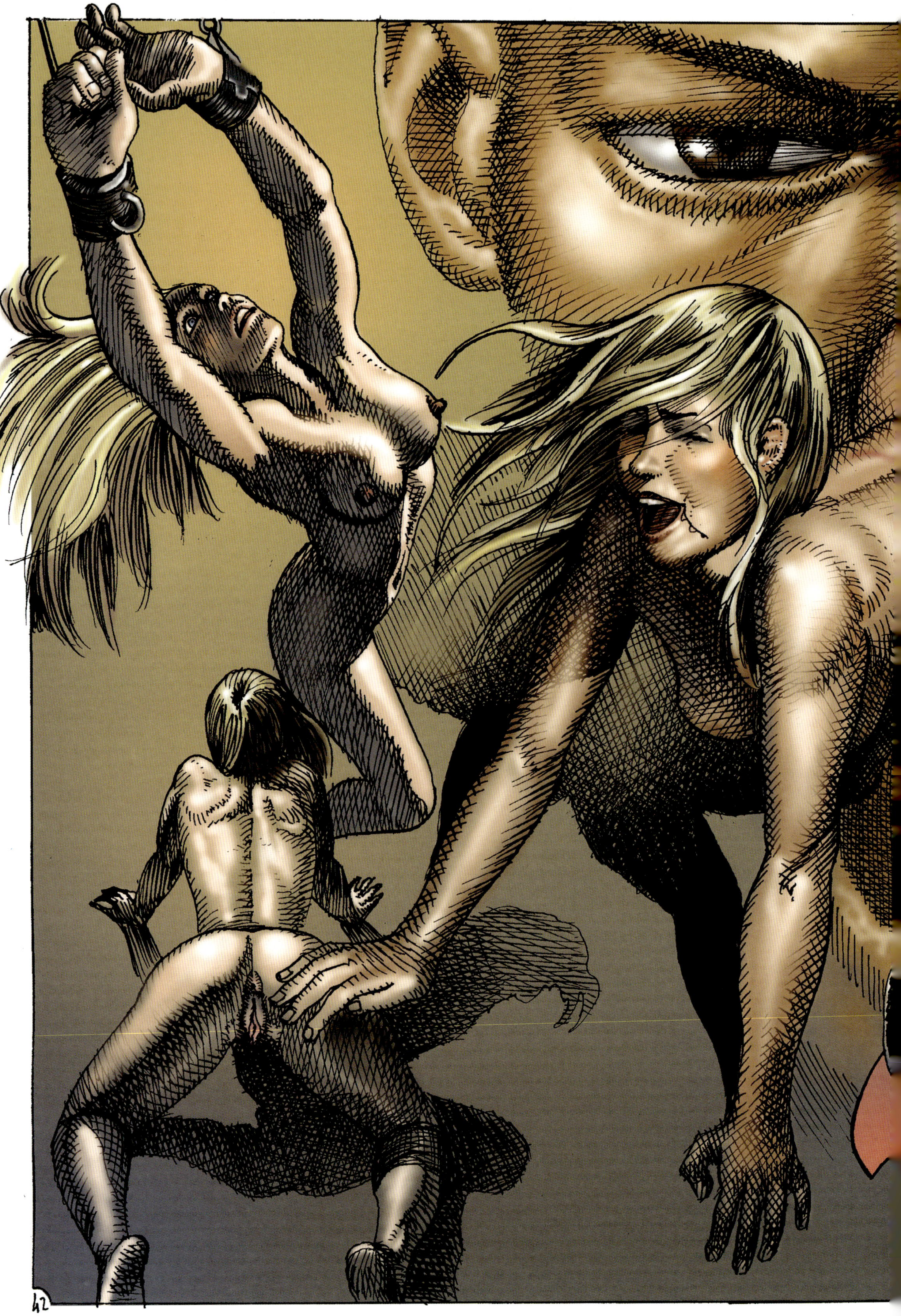

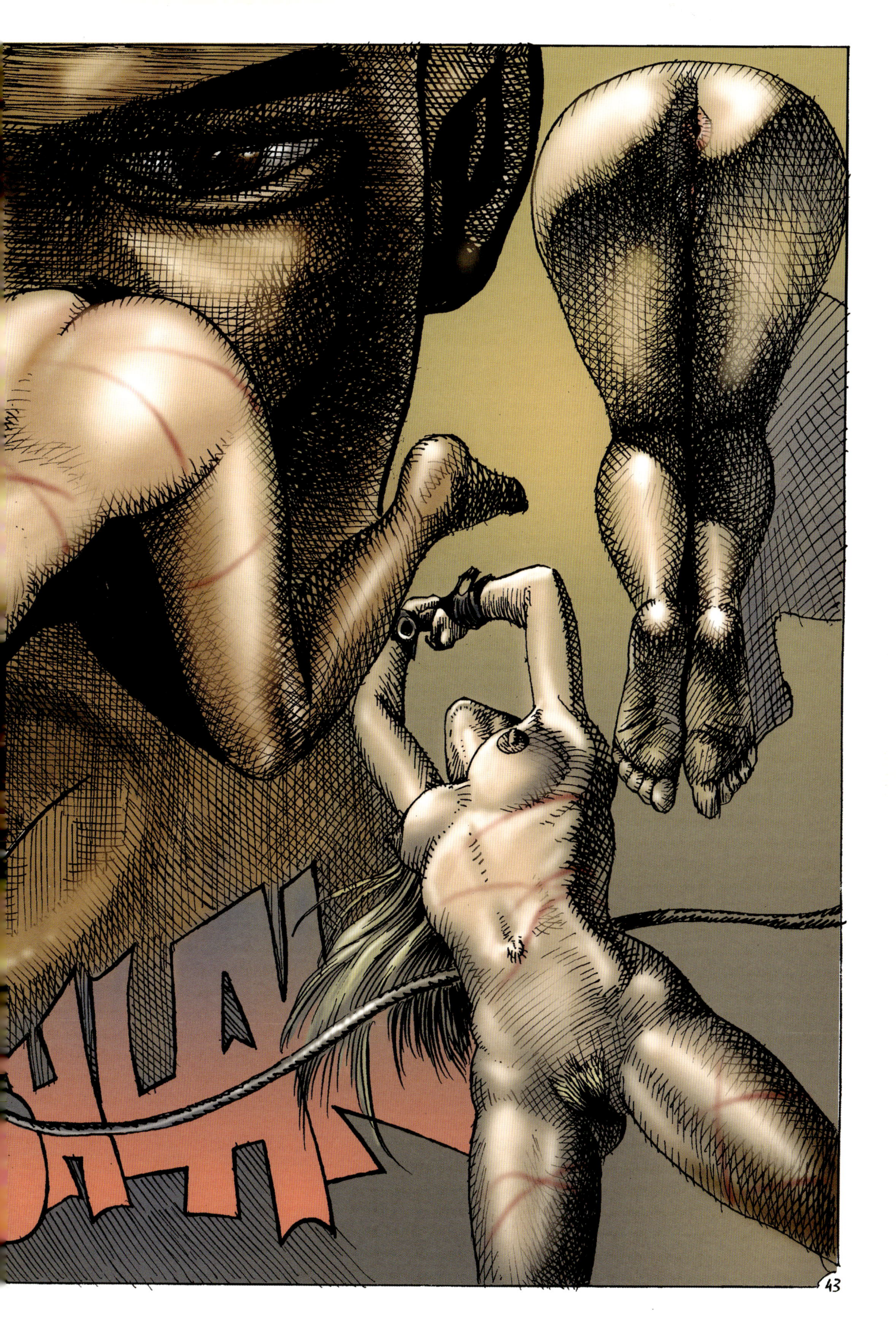

— Pitié...

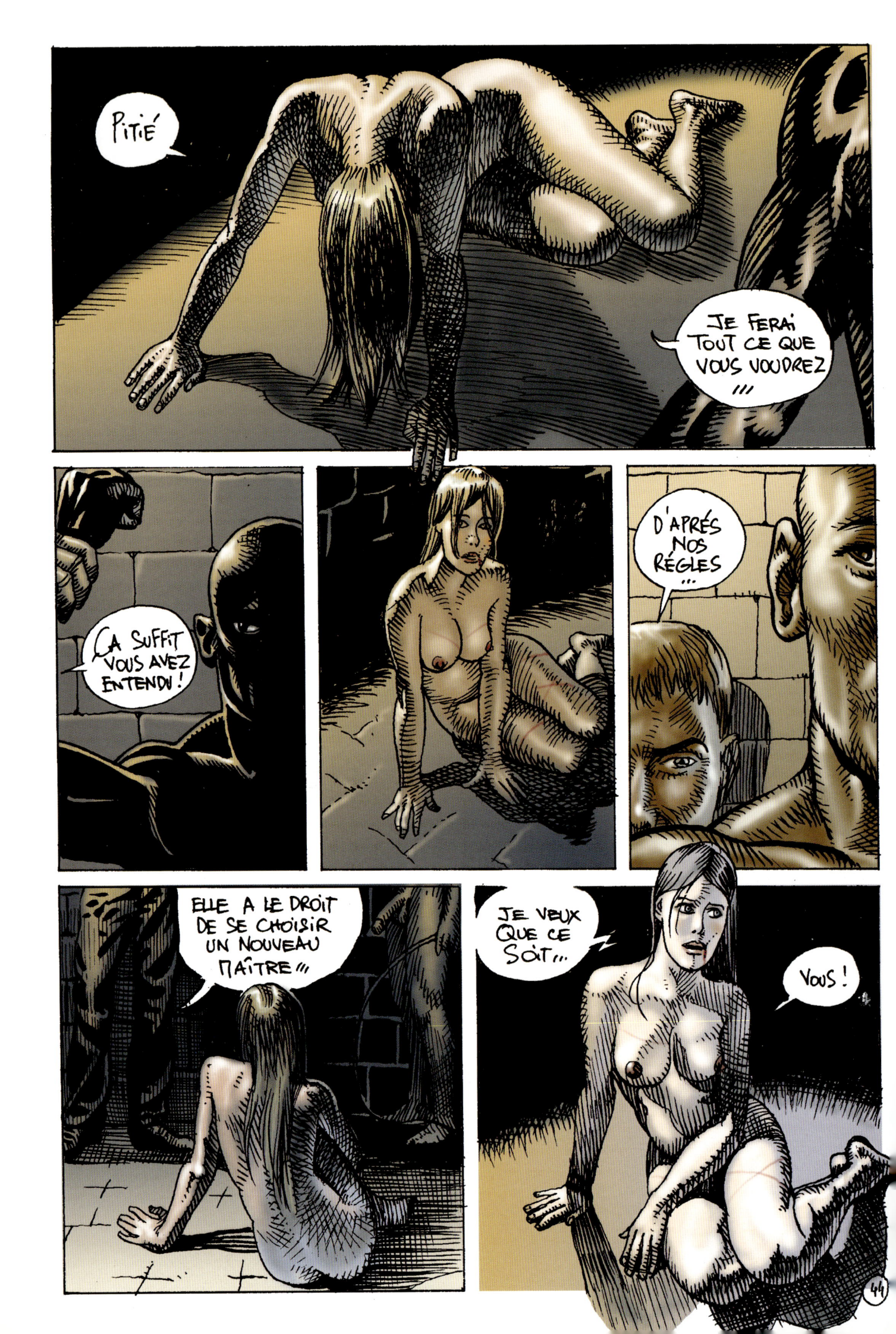

— Je ferai tout ce que vous voudrez...

— Ça suffit vous avez entendu !

— D'après nos règles...

— Elle a le droit de se choisir un nouveau maître...

— Je veux que ce soit...

— Vous !

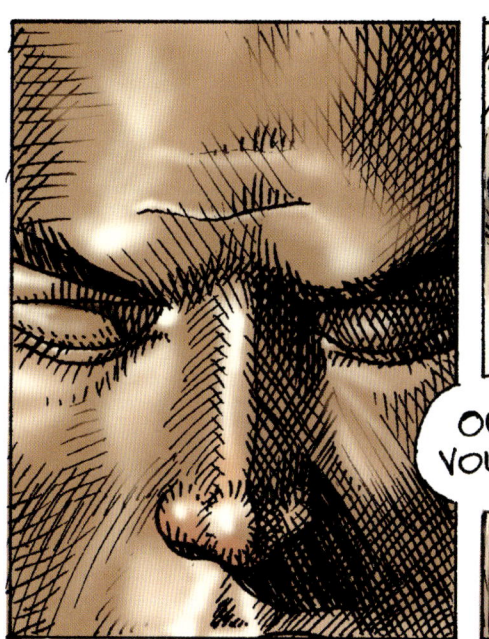

Moi ?!
"""

Oui vous !

J'ai marché pendant des heures

Seul avec ma défaite...

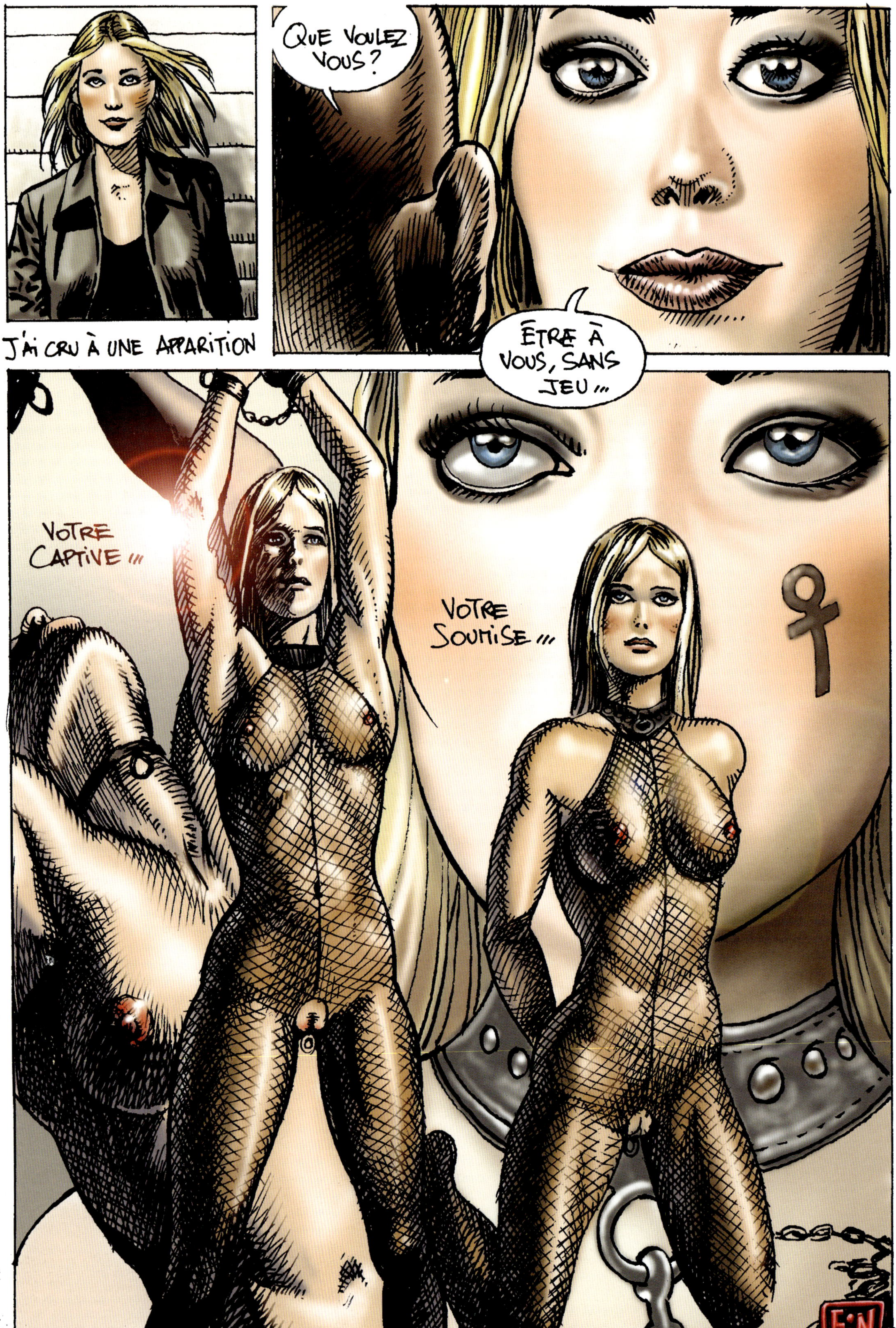

DESSINS ET COULEURS : COQ